Sami veut jouer

Texte de Mary Labatt
Illustrations de Marisol Sarrazin

Texte français d'Isabelle Allard

Catalogage avant publication de Bibliothèque et Archives Canada

Labatt, Mary, 1944-
[Sam Goes Next Door. Français]

Sami veut jouer / Mary Labatt;
illustrations de Marisol Sarrazin;
texte français d'Isabelle Allard.

(J'apprends à lire)
Traduction de : Sam Goes Next Door.
Pour les 3-6 ans.
ISBN 0-439-94129-6

I. Sarrazin, Marisol, 1965- II. Allard, Isabelle III. Titre. IV. Collection :
J'apprends à lire (Éditions Scholastic)

PS8573.A135S243814 2006   jC813'.54   C2006-900897-3

Conception graphique : Marie Bartholomew

Édition publiée par les Éditions Scholastic,
604, rue King Ouest, Toronto (Ontario) M5V 1E1,
avec la permission de Kids Can Press Ltd.

5 4 3 2 1   Imprimé et relié en Chine   06 07 08 09

Sami voit un gros camion.

Le camion s'arrête devant

la maison voisine.

Trois déménageurs sortent des meubles
du camion.

« Hum… pense Sami. Qu'est-ce qui se
passe? »

Les déménageurs transportent un canapé dans la maison.

Puis ils transportent une chaise.

Ensuite, ils transportent une table.

Une voiture se gare près du camion.

Une famille sort de la voiture.

Il y a la mère, le père, un petit garçon
et une petite fille.

« Les nouveaux voisins ont des enfants,
pense Sami. C'est parfait. J'aime les
enfants. »

Sami va dans la cour avec Joanne et Bob.

Elle regarde à travers la clôture.

« Super! pense Sami. Les enfants ont des

jouets et de la nourriture! »

– Ouaf! dit Sami en remuant la queue.

Ouaf! Ouaf!

La petite fille voit Sami.

— Regarde! Un petit chien! crie-t-elle.

Viens jouer avec nous, petit chien!

Sami court vers Joanne et Bob.

Puis elle revient à la clôture.

— Ouaf! dit-elle. Ouaf! Ouaf!

Joanne rit.

– Tu ne peux pas aller chez les voisins,

Sami, dit-elle. Ils sont occupés!

Joanne fait rentrer Sami dans la maison.

Sami se couche par terre.

« Je veux jouer, pense-t-elle. Je veux jouer avec les enfants. »

On sonne à la porte.

Joanne va ouvrir.

Ce sont les enfants!

— Est-ce que le petit chien peut venir

jouer? demande la petite fille.

« Youpi! pense Sami. Je vais jouer avec les enfants! »

Sami saute et tourne en rond.

Sami va chez les voisins.

— Tu veux jouer avec moi? demande la petite fille.

« J'adore jouer, pense Sami. Les chiots aiment les jeux! »

— Nous allons jouer à la maman, dit
la petite fille.

« Oh, non! pense Sami. Ce n'est pas
un jeu pour les chiots! »

— Toi, tu es le bébé, dit la petite fille.

Elle couche Sami dans le landau.

— Tu veux manger, bébé? dit la petite fille.

« Oui, oui! pense Sami. J'aime manger. »

– Tiens, bébé, dit la petite fille. Mange du gâteau.

Sami mord dans le gâteau.

« Pouah! pense-t-elle. C'est du plastique! »

— Tiens, bébé, dit le petit garçon. Prends

un biscuit.

Sami mord dans le biscuit.

« Pouah! pense-t-elle. C'est de la boue! »

— Tiens, bébé, dit la petite fille. Mange

de la salade.

Sami mord dans la salade.

« Pouah! pense-t-elle. C'est du gazon! »

Sami bondit hors du landau.

Elle arrache les vêtements de bébé.

— Grrrrr! dit Sami.

— Méchant bébé! crie la petite fille.

— Méchant bébé! crie le petit garçon.

Tu devais faire le bébé, petit chien!

« Ce jeu de bébé n'est pas pour les chiots, pense Sami. Je vais vous montrer des jeux pour les chiots! »

— Ouaf! dit Sami.

Elle prend un jouet et se sauve en courant.

Les enfants essaient de l'attraper.

Sami court très vite.

– Ouaf! dit Sami.

Elle mordille une couverture.

Les enfants tirent sur la couverture.

Sami grogne encore et encore.

— Ouaf! dit Sami.

Elle creuse dans le carré de sable.

Les enfants imitent Sami.

Sami creuse encore et encore.

« Les chiots n'aiment pas se déguiser,
pense Sami. Ils n'aiment pas les gâteaux
en plastique, ni les biscuits à la boue,
ni les salades de gazon. Je vais vous
montrer ce qu'ils aiment! »

Sami grogne.

Elle saute autour des enfants.

Elle jappe encore et encore.

Elle se roule dans la boue.

Elle mordille les jouets.

Elle déchire les vêtements de bébé.

« Ça, c'est amusant! » pense Sami.

« Voilà à quoi les chiots aiment jouer! »